短編集

三鴨裕明

短編集

狂

目次

短編集

狂

狂

「お義母さん、只今よりあなたを殺します」

良子は一階の居間の隅の四角い台の上にある仏壇の遺影に声をかけた。

次に、仏壇にある同じ葉書大の遺影の写真と鋏を手にした。

右手で遺影の写真の正面を、仏壇の写真と向かい合わせると、写真を横目で見ながら楽しむように少しずつ、少しずつ首を切り裂いた。

良子は切り裂きながら、言い知れぬ快感を感じた。

切り裂かれた顔と胸部が畳に落ちた。

「血が出ないのが残念ね」

良子はニヤリとし、続けて話した。

「お義母さん、本日から毎日のように殺します。今日の午前中、お義母さんは気が付きましたか。私が仏壇からお義母さんの写真を取り出し、この部屋の机の上で、私がデジタルカメラで写真を撮ったのを。そう、その写真を近くのコンビニで現像したのが今、切り裂いた写真です」

良子は、薄笑いを浮かべながら義母の遺影に話した。六十代の細面の、やや眼のきつい写真である。年齢にしては、黒髪であり色も白く、青い上着を着たカラーの写真である。

良子はお線香をあげ、チンとおりんを鳴らしたあと、手を合わせた。


二カ月前、義母は死んだ。

その日の早朝、いつもなら、居間の隣にある義母の部屋からテレビの音がするのにしんとしている。物音ひとつしない。居間で夫の聖一と食事をしていた良子が、

「どうしたのかしら…。心配だわ。隣の部屋を見てくるわ」

聖一も頷いた。

良子は立ち上がると、廊下に出て、そっと義母の部屋の襖を開けた。

(もしかして死んでくれたのかな？)

義母は部屋の中央に敷いてある布団で仰向けになっている。

近寄ると、顔は血の気を失い、眼は白眼で表情がない。良子は義母の腕を取った。真っ白で、脈拍がない。

(死んだのね。嬉しいわ)

「聖一さん、大変、お義母さん、ぐったりとしているわ」

聖一は、すぐ隣の部屋に駆けつけた。良子同様、腕に手を置き脈拍を調べた。止まっている。

聖一は、すぐ救急車を呼んだ。五分ほどして救急車が到着、聖一が救急車に乗り込んだ。

救急車は、同じ区内のS病院に到着。しかしすでに死亡。

病院の診断では心筋梗塞で、死亡時刻は午前二時頃と推定された。八十二歳だった。

(邪魔者がいなくなった)

良子は、とてもさわやかな気持ちになった。

遠山聖一、五十八歳。山形県の出身。都内の大学を卒業後、新橋にあるR食品会社に就職。現在、営業部長をしている。

良子とは勤務先の近くにあるカラオケバー「ジョイ」で知り合った。聖一も良子もそれぞれ男同士、女同士の同僚数人と来ていた。それぞれ隣り合うボックスに座っていて、聖一と良子は斜めに向かい合っていた。

聖一は良子の愛らしい瞳に惹かれ、半時間ほど経った頃、聖一は思い切って良子に声をかけた。

「よく来られるのですか？」

「ええ、月に一、二回。会社の同僚たちと」

良子は聖一に大きな瞳を向けながら答えた。

「私たちもそうです。でも、お会いするのは今日が初めてですね。私たちはR食品会社ですが、会社はこの近くですか？」

「新橋のK銀行に勤めています」

「そうですか。では私どもと近いですね」

「そうですね」

良子はにこりとした。

「よろしければ、一緒に歌いませんか？」

良子は大きく頷いた。

二人は五木ひろしの『居酒屋』を歌った。歌いながら二人は、何度も顔を合わせた。

その後、お互いの同僚たちと数回「ジョイ」で会ったが、聖一と良子は「ジョイ」以外でも会うようになった。

良子は聖一より三歳年下の五十五歳。長崎県の出身で、地元の県立高校を卒業後、新橋のK銀行に就職。明るく、親しみやすい人柄が買われ、窓口業務に配属された。

一年後、聖一が二十九歳の時に二人は結婚。以来、良子は専業主婦である。都内の二階建ての一軒家に住み、一人娘の伸子は都内の女子大学を卒業後、旅行会社に勤務。結婚と同時に退職し、現在は小学生の男の子がいる。

聖一の両親は山形に住んでいたが、一年前に義父が八十四歳で病死。義母は八十歳で、特にこれといった病気はなかったが、高齢を考慮し長男である聖一と東京に住むことになった。

良子は反対した。しかし、聖一の説得に従うことにした。一階の一部屋を義母の部屋とした。

一階にはほかに台所、居間、風呂場がある。

義母は年金があったが、聖一は毎月三万円、義母に渡していた。

食事の好みが違うため、義母は一人で食事を賄い、朝食は十時頃、昼食も夜食も、良子とは時間が異なった。

テレビと掃除機を義母に買うと、義母は早朝からテレビを見ていた。

夫婦は二階の二間が生活の中心となった。朝食は一階でするが、夜食は良子が一階の台所で作り二階で聖一と食べることにした。会社の休みのときは三食とも二階で食べた。

そして一階の居間のテレビを二階に置いた。

義母が住むようになって、三週間ほど経った早朝。朝食を終え、聖一が出勤したあと、いつものように良子は居間の掃除をした。

十分ほどで掃除を終え、椅子に腰掛けていると、廊下で足音がし、すぐ居間の襖が開き義母が覗き込むようにして居間に入ってきた。

「お義母さん……」

良子が声をかける間もなく、義母は部屋の隅々まで眼を凝らすように一周した。

「良子さん、塵が残っているわよ」

義母は、ちらっと上目遣いに良子を見ると、居間の襖をピシャリと閉めて、自分の部屋に戻った。

(嫌がらせだわ)

良子は不愉快になった。

しかし、聖一には言わなかった。聖一の口から義母に伝わると、余計嫌がらせが増すかもしれないと思ったからである。

次の日、居間の掃除が終わると、再び襖が開いて、義母が昨日と同じように、眼を凝らしながら部屋を一周した。

「昨日と同じね」

呟くように言うと、ピシャリと襖を閉めた。

三日目、義母は居間に来なかった。

しかし、数日置きに、あるいは一週間来ないといった具合に、気ままに現れては、部屋を一周。何も言わないものの、不満そうな顔をしながら、部屋を出るときは、必ずピシャリと襖を閉めた。

「お義母さん、あなたは、こうして私をいじめましたね」

良子は畳に落ちた義母の切り裂いた写真を白い袋に入れると、

「今度のゴミ回収日まで聖一さんに気付かれないように、私のタンスの中にしまっておきます。又明日、あなたを殺します。楽しみにしていて下さいね」

翌日の午前中、良子は昨日、撮ってカメラに収めておいた義母の写真をコンビニで現像した。

そのつど、現像した方が新鮮で、且つ殺しがいがあると思ったからである。

　良子は仏壇に向かうと、現像した写真を遺影に向き合わせ、

「お義母さん、今日はどうやって殺しましょうか」

　話しながら、くすっと笑うと、鋏で現像した写真の顔の真ん中を、横にゆっくりと切り裂いた。

「次は首と胸よ。楽しいわ」

　言い終わると、首の真ん中、次に胸のあたりを、思いきり横に切断した。

「お義母さん、生前聖一さんが掃除機を買って下さいましたね。ですが、その割りには、余り掃除機の音がしないのであなたが外出しているとき、私はお義母さんの部屋を覗いてみました。埃が部屋の隅々に溜まっていました……」

　良子は手にしている写真と切り裂いた写真を重ねると、更に鋏で力を入れ、細かく切り裂いた。

「明日は、どういう方法で殺しましょうか」

　良子はお線香をあげ、おりんをチンと鳴らして手を合わせた。

次の日の午前中。

良子はその日現像した写真を義母の遺影に向けながら、写真を鋏で右端から細かく縦に切り裂いた。

「快適ね」

遺影に話し、言葉を続けた。

「お義母さん、あなたは食べ物に好き嫌いがあり、それで食事を別にしていましたが、それでも、わたしは気を使い、食料品やお菓子など余分に買って、あなたに差し上げようとしました。でも、あなたは全く受け取ろうとしなかった。人の好意が判らない人なのね」

良子は申し合わせたかのように、写真の顔の真ん中と胴体を細く切り裂いた。

「そしてあなたは私に致命的なことを言いましたね……」

良子はここで言葉を切ると、遺影を凝視した。

「午後、私が買い物から帰ってくると、ちょうど廊下で台所から出て来たあなたと会いました。そしてあなたは私を横目に見ながら言ったのです。〝所詮、嫁なんて他人だ〟と。同居して二カ月ぐらい経ったときのことです」

良子は、一息つくと、

「その言葉は私の心をぐさりと刺しました」

強い調子で、遺影に話すと、縦に細く切り裂いた写真を重ね、鋏で横に少しずつ切断した。細かく切断された写真が畳に落ちた。

「明日、ゴミの収集日なので、日常のゴミと一緒に写真を捨てますからね」

良子はお線香をあげ、おりんをチンと鳴らして手を合わせた。

良子は毎日、毎日、あらゆる角度から、その日、その日現像した写真を切り裂いた。

そのあと必ずお線香をあげ、おりんをチンと鳴らして手を合わせた。

数週間、経った。

「さて、今日はどこから切断しましょうか？　そうだ、たまには写真を折って切り裂きましょう」

良子は義母が写っている面を外側に二つに折ると鋏を手にした。

そして、折った写真の中心部、胸の部分を切り裂こうとしたときである。

鋏を持つ手が、良子の意志に反し、喉元に突き付けるようにぐるりと回転。

そのまま良子の喉元を刺したのである。

血がだらだらと流れた。

完

あいうえお

中央区日本橋にあるビルの六階にT製薬会社がある。そこの区切られた総務課の一室の午後。

岡田課長が右横に座っている広瀬係長に、

「広瀬係長、社員の年齢別に分けた書類、出来たかね」

声を掛けた。

広瀬係長は椅子から立ち上がると、岡田課長を見つめ、甲高い声で、

「あいうえお」

答えた。

岡田課長、それに総務課の五人全員が驚き、広瀬係長を見上げた。

「あいうえお」

広瀬係長は続けて言った。

「広瀬係長、ふざけているのか」

岡田課長が怒鳴った。

「あいうえお」

広瀬係長は繰り返した。

「広瀬係長、気でも狂ったのか！」

岡田課長は再び怒鳴った。

「もういい、広瀬係長。今日はもう帰りたまえ！」

岡田課長の声が室内に轟いた。

広瀬係長は帰る支度をすると、廊下に出た。

「あいうえお」


広瀬は地下鉄に乗車した。

席には座らず、立ちながら、

「あいうえお」

乗客に声を掛けた。

乗客は、いっせいに振り向いたが、あとは知らんぷりした。

「あいうえお」

広瀬は繰り返し言い続けた。

広瀬は地下鉄のO駅で下車、三時過ぎ頃帰宅した。

「あらっ、今日は早いのね。何か、あったの？」

妻の加代が心配そうに聞いた。

「あいうえお」

広瀬が答えた。

「ふざけないで、ちゃんと話してよ」

「あいうえお」

広瀬は繰り返した。

「どうしたの？　頭がおかしくなったの？」

「あいうえお」

「本当におかしくなったのね。それで会社から、早く帰らされたのね」

そう言って加代は買い物に出掛けた。

一時間後、小学一年生の正樹が帰って来た。

「お父さん、今日は早いね」

正樹が嬉しそうに言った。

「あいうえお」

広瀬は答えた。

「お父さん、面白い。こんなお父さん初めてだよ」

正樹は甲高い声を出した。

「あいうえお」

広瀬は繰り返した。

「お父さん、次はかきくけこだよ」

正樹が訝しがるように言った。

加代が買い物から帰って来た。

「正樹、お父さん頭がおかしくなったのよ。相手にしないほうがいいわよ」

その日の夕食。

広瀬が「あいうえお」と繰り返し言うと、正樹が真似て「あいうえお」と言った。

「正樹、やめなさい」

加代が叱った。


広瀬誠一、三十八歳。新潟の高校を出て、都内の私立大学の文学部に入学、卒業後、現在の製薬会社に勤める。

加代は東京の出身、同じ三十八歳である。

川崎の賃貸マンションに住んでいる。


翌朝。

正樹が学校に行ったあと、加代は広瀬に言った。

「脳神経がおかしくなったのかしら？　都内に脳神経の病院があるから、今日一緒に行くわ。早く治してよ」

「あいうえお」

広瀬は答えた。

加代は広瀬の会社に電話した。

交換を通して、岡田課長が電話に出た。

「昨日は主人がご迷惑をおかけしてすみませんでした。初めてのことで私も驚いています」

「今現在、どうなのですか？」

「〝あいうえお〟をくりかえしています。これから病院に連れて行きます」

「直前まで、通常に話していたのに、突然〝あいうえお〟と言うものですから驚きました。昨日は帰ってもらいましたが、会社としては、広瀬係長のような優秀な人材を失いたくありません。一日でも早く、回復し出社してくれるのを待っています」

「ありがとうございます」

加代は頭を下げた。

広瀬と加代は東京方面の地下鉄に乗車した。広瀬が通勤でいつも乗る地下鉄である。

乗客は疎《まば》らで、二人は座ることができた。

次の停車駅で、乗客が数人乗ったときである。

「あいうえお」

広瀬は立ち上がると、乗客を見ながら言った。

すでに乗っていた乗客も驚いて広瀬を見上げた。

「あいうえお」

広瀬は繰り返した。

「やめなさい」

加代は立ち上がると、広瀬の両肩に手を置き腰掛けさせると、周囲の乗客に二度ばかり、

「すみません」

頭を下げた。

「馬鹿なこと言わないで」

加代は広瀬に小声で言った。

真向かいに座っていた若い女が、右手を口に当てておかしさをこらえていた。

数駅で地下鉄を下車。そこからバスに乗車、二人用の席に座った。

次の停車駅で広瀬が立ち上がろうとした。とっさに加代は、

「やめなさい」

隣に座る広瀬の両脚を押さえた。

二十分ほど乗って、Y駅で下車した。そこから歩いて五分ほどの所にP脳神経病院があった。

白塗りの三階建ての病院で、加代は受付で用件を言い、二人はソファで待った。

数人の来院者がいた。

暫くすると、「広瀬さん」呼ぶ声がして、二人が受付に行くと、

「奥の診察室に行って下さい」

受付の女性に言われて、加代は広瀬を伴い、診察室に入った。

「失礼します」

歳の頃、五十代と見られる男の医師と三十代と見られる女の看護師が、机を挟んで座っていた。医師と看護師が二人に会釈した。

医師は、

「中山と言います。こちらの看護師は若林と言います。どうぞ、腰掛けて下さい」

二人は長椅子に座った。

加代は中山医師に広瀬の症状を説明した。

中山医師は話を聴きながら、広瀬を数回、見つめた。加代の話が終わると、

「それらしき兆候は、今までなかったのですか?」

中山医師が尋ねた。

「ありません。突然なのです」

加代は答えた。

「突然ですか……」

中山医師は両腕を組んで、暫し黙り込んだあと、

「奥様の話によると、こちらの言うことは判るんですね。ですから記憶喪失ではない。ただ〝あいうえお〟しか言わない」

「そうなんです」

加代は心細げに言った。

「わかりました。脳神経を調べてみます」

看護婦は立ち上がると、右側の白いカーテンを開けた。そこに、上半身がゆったりと背もたれ出来る椅子がり、その背後に機械があった。

「MRIという脳神経を調べる機械です。広瀬さん、どうぞ腰掛けて下さい。二十分ほどで終わります。奥様は長椅子でお待ち下さって結構ですよ」

中山医師が言った。

広瀬は、上半身をもたれるように腰掛けると、白いカプセルが頭上を覆った。

検査が終わり、中山医師が言った。

「結果が二時間ほどで判明しますので、二時間ほど経ちましたら、受付にその旨、言って下さい。それまで御自由に時間を過ごして下さい」

広瀬と加代は、病院の近くにあるレストランと喫茶店で時間を過ごし二時間後、病院に戻ると受付に行き、診察室に行った。

「正常です。何処も、おかしくありません」

中山医師が言った。

「正常なのですか？　ではどうして〝あいうえお〟しか言わないのですか？」

加代は尋ねた。

「そのことですが、私にも判りません。このようなケースは初めてです。考えられるのは精神的なストレスなのですが、仕事等で疲れたようなことは言っていませんでしたか？」

「なかったです。仕事は残業もなかったし、仕事から帰ってきても、いつも元気でした。ただいくら夫でも、心の内面までは判りませんが」

中山医師は頷きながら、

「精神的なものが原因だとしたら、まず仕事から離れ休養することが大事です。それが第一歩で、三、四日、様子を見て、それでも治らなかったら精神科の病院に行くことをお勧めします」

「ありがとうございます。そう致します」

加代は、深々と頭を下げた。

「あいうえお」

中山医師が広瀬に語りかけるように話すと、

「あいうえお」

広瀬が答えた。


四日経った。それでも広瀬は〝あいうえお〟と言い続けた。

その夜、

「明日は午前中に買い物を済ませて、午後からバスでひと駅の精神科のY病院に行くわよ。早く治してよ、正樹のためにも」

加代が広瀬に言うと、

「あいうえお」

広瀬が答えた。

正樹は広瀬の顔を、じっと見つめ続けた。


翌日のお昼前、加代が買い物から帰ると、広瀬がいない。玄関を見ると、いつも履いているズック靴がない。

（どこへ行ったのかしら。病院に行くのに、まったく）


広瀬は、加代が買い物に行ったあと、急に高いところに行きたい衝動に囚われ、家を出た。

通勤定期は、まだ期間があり、最寄り駅から三つ目のO駅で降りた。そこに十階建てのSデパートがあり、広瀬はエレベーターで十階まで行くと、さらに階段を上がり屋上に出た。

数人の年配の男女がいた。

広瀬は屋上の右手にあるベンチに腰掛け、空を見た。十月の青空が拡がっている。

見とれるように大空を仰ぐと、立ち上がって大きく深呼吸し、甲高い声で、

「あいうえお」

自宅を出て初めて言った。

驚いて、年配の男女が広瀬を見た。

「あいうえお」

広瀬は繰り返し言うと、屋上を横切るように歩き、中央部分に来たとき、ふと立ち止まった。

再び、大空を仰ぎ、深呼吸すると、鳥が舞うように、両手を大きく拡げ、羽ばたきながら、

「おえういあ」

甲高い声を出した。

そして羽ばたきながら、踊るように小走りに屋上の端に向かうと、柵を乗り越えた。

僅かの部分に両足を揃えると、もう一度、青空の拡がる大空を仰いだ。

「おえういあ」

「あいうえお」

言葉を発した。

鳥が大空に飛び立つように、羽ばたき宙に飛んだ。

そのまま広瀬は地上へと落下した。

完

「おねぇさん！」

木下は朝の通勤で、山手線渋谷駅の外回り電車のホームにいた。

まもなく、電車が到着し、ドアが開いた。
五、六人の乗客が下車し、木下は端の座席に座った。右隣にはセーラー服の女子中学生と見られる女の子が座っていた。
「おねぇさん！」

隣の女の子が大きな声を出した。

思わず、木下は女の子を見た。

数人の乗客も女の子に眼を移した。

女の子は顔をスマホに向けたまま、指を動かしている。

「おねぇさん！」

女の子は続けて言った。

女の子の右隣に座っていた中年の女性が席を立ち、隣の車両に移った。
女の子は気にもせず、スマホを見ている。
木下は思った。
(この女の子が大きな声を出しても、驚かない乗客が、少なからずいる。
そうだ、俺が乗車する前から女の子が大きな声を出していてそれで驚かないのだ)
電車が原宿駅に着くと、女の子の右隣に年配の男性が座った。
すると女の子はスマホに手をやりながら、再び、
「おねぇさん!」
大きな声を出した。
年配の男性は驚いて女の子を見た。
女の子は平然としている。
電車が動き出してほどなく、
「おねぇさん!」
女の子は大きな声を出した。

今度は声を出しながら、左隣に座っている木下に身をもたれてきた。

木下が、はっとすると、

「すみません」

女の子は身体を起こし、謝ったあと、すぐに、

「おねぇさん！」

スマホに手をやりながら、大きな声を出した。

繰り返し、繰り返し「おねぇさん！」と、大きな声を出した。

斜め向かい側の席で二十代の男性二人が、面白そうに女の子を見つめている。

高田馬場駅に着くと木下は、背後で「おねぇさん！」という声を聞きながら、電車を降りた。

木下は改札口への階段を降りながら、又、女の子は、

「おねぇさん！」

大きな声を出していると思った。

駅から数分のところに木下の勤務する不動産会社がある。

木下、五十七歳。

完

帽子

会社の帰途、四月初めのことである。

小峰は地下鉄の最寄り駅K駅を下車、いつもの大通りを自宅に向かっているると、いつもは何げなく通りすぎている量販店の店先に、ちょうど小峰の頭に合いそうな白と青の野球帽のような帽子がふたつ吊るしてあるのが眼に入った。

小峰は帽子に関心がない。これまで小学生の時しかかぶったことがない。しかし何故か、店先の青色の帽子に惹かれ、かぶりたい衝動に駆られた。すぐさま、小峰は青色の帽子を手に取ると、奥にあるレジに向かい、帽子を買った。

左手にビジネス用の黒い鞄を持ち、右手に帽子が入った量販店の紙袋を持って自宅に帰った。

二階建ての一軒家で、一階の居間に入ると、椅子に座ってテレビを見ていた妻の節子が振り返って、小峰の持っている紙袋を眼にした。

「あら、何か買って来たの？」

「うん、駅の近くの量販店で帽子を買って来たんだ」

「帽子？　これまでかぶったこともないのに、どういう風の吹き回しなの」

「自分でも判らない、店先で見て、買いたい衝動に駆られたんだ」

「衝動で買ったのね……」

節子は、それ以上言わず、再びテレビに眼を移した。

小峰は、すぐかぶりたくなった。その場で、立ったまま紙袋から帽子を取り出しかぶると、ピタッと合った。

「似合うかい？」

節子に声を掛けた。

節子は振り向いて、帽子を見上げると、急に椅子から立ち上がった。小峰に正面を向いて両手を両脚に置き、うやうやしくお辞儀をしたのである。

「おい、どうしたんだ」

小峰は驚き、声を掛けた。

節子は、黙ったまま頭を下げ続けている。

「おい、おい、本当にどうしたんだよ？」

小峰は節子の両肩に手を置き、肩を揺さぶるようにして言った。

節子は、そっと頭をもたげると、帽子を見上げ再びうやうやしくお辞儀をした。

（この帽子に何かあるのかなあ？）

小峰は、帽子をとった。

すると、節子が頭をもたげ、ポカンとした顔で小峰を見た。

「わたし、訳もなく何であなたにお辞儀していたのかしら？　それも、うやうやしく」

節子が言った。

「俺も判らないよ」

二人は、黙って顔を見合わせた。

「不思議ね。こんなことって、あるのね……」

節子が、つぶやくように言い、小峰から眼を離し椅子に座った。

小峰は思った。

(きっと、この帽子のせいに違いない。この帽子をかぶったから、節子がお辞儀したのに違いない、きっとそうだ。この帽子には何かがあるのだ)

小峰は帽子について、節子に話そうとして口をつぐんだ。話してはいけないような、そんな気持ちになったのである。

小峰は隣室に行くと、タンスの中に帽子をしまった。


小峰卓也、五十三歳。都内の広告会社の総務課長である。二つ年下の節子は結婚以来専業主婦で、一人娘の加代は大阪市内にある市立大学の二年生で、同じ市内にアパートを借りている。

数日後の日曜日、小峰はタンスから帽子を取り出した。五年前から日曜日の午前九時頃、自宅から往復一時間ほどのＳ公園をウォーキングするのが習慣だった。

その日も小峰は九時頃、玄関を出ると、帽子をかぶった。節子に帽子をかぶった姿を見せたくなかったからである。

自宅前のなだらかな一方通行の坂道を下っていると、前方から犬を連れてこちらに歩いて来る年配の男性がいた。数回出会っているが、これまで言葉を交わしたことはない。二人の距離が接近、年配の男性は小峰に眼を向けた。すると、うやうやしくお辞儀したのである。

小峰は会釈で返した。

(やはり、この帽子なのだ。この帽子は、相手にお辞儀をさせる威力を持っているのだ)

十字路があり、乗用車が二台ほど通れる道で、小峰が右に曲がろうとしたとき、若い女性と出会った。これまで会ったことのない女性である。それが急に小峰に目を向けると、驚いたように慌てふためき、うやうやしくお辞儀したのである。

小峰は会釈で返した。

更に前方左側から若い男女がこちらに歩いて来る。右側を歩いている小峰と五メートルほど接近したとき、若い男女が引き込まれるように小峰に眼を向けた。二人はうやうやしく小峰にお辞儀し、小峰は会釈で返した。

小峰は五分ほど歩くと左折し、数分先の赤信号で歩みを止めた。向かい側の信号に面識のない年配の男性がいた。男性は小峰を仰ぎ見て、信号が青に変わると、横断歩道を歩きながらうやうやしくお辞儀した。小峰は軽く会釈した。

小峰は嬉しかった。帽子のおかげだと判っていても嬉しかった。出会う人、みんな俺にうやうやしくお辞儀する。言い知れぬ優越感を感じた。

前方に東京湾に注ぐ川があり、そこを渡り五十メートルほど行き右折すると、三十メートル四方のS公園がある。

公園の隅にあるベンチに老夫婦が座り、中央のイチョウの木の側に子犬を連れた若い女性がいた。

小峰が公園に入ると、老夫婦も若い女性も、一斉に小峰に眼を向けた。老夫婦は立ち上がると、うやうやしくお辞儀、若い女性もうやうやしくお辞儀した。

それればかりではなかった。若い女性が連れている子犬までも、小峰に顔を向けると、うやうやしくお辞儀したのである。

(面白い。犬までも俺にお辞儀している。そうだ、帽子をとってみよう、どんな反応するか楽しみだ)

小峰は帽子をとった。

その、とたんである。老夫婦も、若い女性も子犬も呆気にとられたように小峰を見てポカンとしたのである。小峰へのお辞儀が信じられないといった顔付きで、小峰から眼を離すとそれぞれ顔を見つめ合った。

(そうか、信じられないのだな、又かぶってやるぜ)

小峰は、帽子をかぶった。すると、慌てふためき、老夫婦も女性も子犬も、うやうやしく小峰にお辞儀したのである。

(ああ、滑稽だ。こんな面白いことってあるんだ)

小峰は帽子をかぶったまま、公園を離れ自宅に向かった。途中、出会う人すべてが小峰にうやうやしくお辞儀をした。

小峰の優越感は更に深まった。

翌日、小峰は帽子をビジネス用の鞄に入れて出社した。

会社のドアを開けると、すぐ右側が総務部で、五歳年上の青木部長を筆頭に小峰と三十代の男性、二十代の女性がいる。

小峰にはどうしても、頭を下げさせたい男がいた。六歳下の山本専務である。

いつも、命令調な言い方で威張っている。社長や、小峰の直接の上司である青木部長、及び他の部所の課長、部長等は威張らない。山本専務だけが威張っている。社長には頭を下げるが、他の人間には頭を下げないのである。

広い部屋の一角に山本専務が座っている。

業務が開始して、一時間ほど経った午前十時頃、

「近藤部長！」

山本専務が両腕を組みながら、部屋の中央部に位置している営業部の近

藤部長を呼び付ける大きな声がした。

「はい」

小峰より三歳年上の近藤部長は立ち上がると、山本専務の机の前まで歩き、直立した。

山本専務は、両腕を解くと、右手の拳で机を叩きながら、

「君、何だ。先月と比べて売上が伸びていないではないか！」

声が部屋中に響いた。

「申しわけございません」

近藤部長は深々と頭を下げた。

「申しわけございませんですむか！」

近藤部長は頭を下げたままである。

山本部長は言葉を続けた。

「気が弛んでいるんだ。部長以下、全員引き締めが足りないのだ」

「おっしゃる通りです」

近藤部長は頭を下げたまま答えた。

「判ったら、下がれ」

近藤部長は頭を上げると。一礼して席に戻った。

ほどなくして、山本専務が廊下に出た。

(トイレに違いない)

小峰は直感した。

椅子の脇に置いてある鞄から、小峰はそっと前屈になって帽子を取り出すと、ズボンの右ポケットに入れ、ほどなくして席を立ち廊下に出た。

廊下に誰もいないのを確かめると、帽子を取り出してかぶりトイレに向かった。

トイレは廊下に出て十メートルほどの突き当たりの左側にある。小峰が五メートルほど進んだとき、山本専務がトイレから出て来た。

顔と顔とが合った。

突然、山本専務がうやうやしく小峰にお辞儀した。

お辞儀したまま、小峰の脇を通り過ぎて行った。

小峰は会釈せず、知らんぷりした。

予想していたこととはいえ、小峰は痛快だった。日頃、威張っていて、頭を下げない専務が、それも、うやうやしくお辞儀したのである。

小峰はトイレに入ると、自然に小便が出た。気持ちよかった。

トイレを出て、帽子を再び右ポケットに入れ部屋のドアを開けると、山本専務と眼が合った。山本専務は、ポカンとした顔で小峰を見た。

（そのうち又、お辞儀させてやるからな）

小峰は心の中で呟いた。席に戻ると、前屈みになってそっと帽子を右ポケットから取り出すと鞄の中に入れた。

誰も、帽子に気が付く者はいなかった。その日、小峰は自宅に帰ると、帽子をタンスに置き、

「今日はありがとう。とても痛快だったよ。又お願いするよ」

頭を下げ、節子に聞こえないよう小声で話した。

次の日曜日、午前九時過ぎ、小峰はいつものようにS公園まで散歩に出た。玄関先で帽子をかぶった。

雲ひとつなく、風も微風で暖かく、散歩日和である。

出会う人、小峰にうやうやしくお辞儀する。小峰は軽く会釈する。

(もっと早くからこの帽子と出会えば良かった)

小峰は思った。

いつもの川に架かる橋の中間まで来ると、左側から歩いて来た年配の男性が、うやうやしくお辞儀したあとである。

突然、吹き上げるような一陣の強風が小峰を襲った。帽子が吹き飛ばされそうになった。

慌てて、両手で帽子を押さえようとしたが、間に合わなかった。

帽子は弧を描きながら、川に落下した。強風が吹いたあと、再び穏やかな風になった。

小峰は欄干にもたれるように両手を置くと、川を見た。帽子は川の流れに沿って、ゆったりと流れて行く。

小峰は、帽子を眼で追いながら、

「帽子よ……」

呟くように言い続けた。

ほどなく、帽子は小峰の視界から消えた。

Ｓ公園には先週出会った老夫婦が同じベンチに腰掛けていた。顔が合った。当然ながら、老夫婦は小峰にお辞儀しないし、帰り道も誰も小峰にお辞儀する者はいなかった。

小峰は当然と思いつつ、しょんぼりしながら帰宅した。


数日後。

小峰は会社の帰路、あの帽子を買った量売店の店先で、色も形も同じ帽子が吊られているのを見た。

嬉しくなり、すぐ買い込むと、途中、袋から取り出し、帽子をかぶった。

しかし、出会う人、誰も小峰にお辞儀する者はいなかった。

完

海へ

「ゴトン、ゴトン」

牛島は地下鉄の隅の座席にもたれるように座りながら、走る車輪の音が子守歌に聞こえてきた。

亡き母の背中を想い出した。温かく、しかもどっしりとした母の背中であった。母の口ずさんだ子守歌を遠い記憶の中で、ひとつ、ひとつ想い出した。

「ゴトン、ゴトン」

車輪の音がだんだん遠くなった。

次の駅を伝えるアナウンスの声、扉の開く音、閉じる音も同じように遠くなった。

同時に、乗客の数も少なくなっていく気配を感じた。

睡魔が牛島を襲い続けた。

牛島新一、六十五歳。

二つ年上の妻の佳子と都内に住み、娘が二人いて、それぞれ大阪と静岡に嫁している。

都内の建設会社の工事部長である。この日は残業で夜九時過ぎに会社をあとにし歩いて数分ほどの地下鉄L駅に向かい乗車した。

立っている乗客が数人いたが、正面に座っていた乗客が下車し、牛島は座ることが出来た。

座席に座ると、連日の残業で疲れていいたためか睡魔が牛島を襲い、うとうとしたのである。

どのくらい経ったであろうか、牛島はふと目を覚ました。電車がホームで停車している。

しかもドアが開いている。電車は停車したまま動かない、車掌のアナウンスもない。

周囲を見渡すと、乗客は誰もいない。牛島ひとりである。

腕時計を見た。十一時を過ぎている。

(終点まで寝過ごしてしまったのだろうか)

牛島は席を立つと、ホームに出た。ホームにも誰もいない。しかも左右を見渡しても駅名の記された標識がない。

(ここは、何処だろう？　俺は夢を見ているのだろうか、いや、いや、これは現実なのだ)

前後を見ると、両側に階段が見受けられ、牛島は先頭方向の階段に向かった。灯りはついているが、乗客は誰もいない。先頭の車両迄来て、運転席を見ると、こちらも同様、灯りはついているものの、運転手の姿はない。

牛島は階段を上がった。牛島の足音だけが響いた。上がると、駅構内は灯りがついている。しかし、何処にも人影がない。

牛島は駅員室の脇にある改札口を素通りすると、ふと改札口を見上げ時計を見た。

どきりとした。

文字盤の数字はあるものの長針、短針、秒針がないのである。

（あり得るはずがない）

牛島はそう思いつつ、歩きながら構内の左右を見渡すと、掲示板が何処にもなく、券売機もないのだった。

地上に出る階段の標識が左右にあり、牛島は左に曲がった。十メートルほど行くと、右側に階段があった。エスカレーターはない。

数段上がると、空が見えた。

（おやっ）と思った。

夕暮れなのである。

「そんな馬鹿な」改めて腕時計を見た。

十一時を過ぎている。

錯覚か、しかし、夕暮れは変わらない。

そして波の音がし、同時に上空から風が吹きつけた。潮の匂いである。

（外は海に近い？　そんな馬鹿な）

牛島は地上に出ると、すぐ駅への入り口を振り返った。駅名が記されていない。

前方を見ると、三百メートルほど先に海があった。波の音がさらに高く聞こえ、潮風も強く吹き付けた。水平線に太陽が半分ほど沈み、波間が夕日に照らされ、褐色に輝いている。

(おやっ)と思った。

何か、得体の知れない、頭ほどの大きさの物が、海一杯に漂っているのである。

(何だろう?)

不可思議な気持ちに捕らわれながらも、視線を手前に移した。海に通じる通りには街灯がついているが人影がなく、左右を見渡しても同様である。通りを越えた右手には、もうひとつの改札口があった。

左右の通り沿いには古びた平屋の、ところどころ赤錆びたトタン屋根の家屋が並んでいるが、いずれも灯りはついていない。

牛島は誘われるようにまっすぐ海方向に歩いた。左右の数棟の家屋の玄関が壊れて開け放たれ、家屋の多くは窓が閉められていない。

潮風で、数軒のトタン屋根がバタバタと音を立てている。

人が住んでいる気配はなく、左右に廃墟のように並んでいるのだった。

(それにしても、海に漂う無数の漂流物は何だろう)

牛島は海岸に近づいた。夕陽に照らされた海がはっきりと見えて来た。

牛島は我が眼を疑った。人間の頭蓋骨が波に洗われながら無数に漂っているのである。

夕陽に照らされて、一部の頭蓋骨群は両眼の部分が、別の頭蓋骨群は口元の部分が浮き彫りにされながら漂っている。

直下に海岸から砂浜に下りる階段があった。牛島は誘われるように階段を一歩、一歩下って砂浜に出た。

自然と足が海へと運び、波打ち際で佇んだ。

眼前の頭蓋骨の群れが、親しげに牛島を見つめ、打ち寄せる波が牛島を手招きした。

牛島は海に入った。

一歩ずつ海に入るごと、両足首が、両脚が、お腹が、胴体が、両手首が、両腕が、首が、徐々に海に溶け込むように消失した。
顔だけが海に浮かんだ。顔は波に抗いながら懐かしむように陸を見つめた。
そのあと、頭蓋骨になった。
夕陽がしだいに沈み、海が暗くなった。

完

母と娘

「お母さん、もうトイレを使わないで。オシッコも駄目。公衆トイレやコンビニのトイレを利用して。いつも、便器に汚れを残したままで、きちんと清掃できないのだからそのあと清掃するのがとても気持ち悪い。

この前なんか便器の外側のタイルにウンチを垂れ流していたのよ。自分で判らないの？　もう、どうしょうもない、ボケてるんだから」

「夜中も？」

友子が聞く。

「当たり前よ」

「夜中は寒いし、それに雨が降っても？」

「だから、どうしたというのよ」

八千代が答えた。

「お父さんも承知なの？」

「承知よ」

「ほんとうに？」

「昨日、お母さんが外出しているとき、このことを話したら、仕方がないと言っていたわ」

確かに、最近、友子は自分でも、ボケがちであるのを判っていた。が、娘の八千代にここまで言われると、ショックだった。

夜、食事を終えたあとのことである。

その日の夜十時過ぎ、友子はトイレに立った。廊下の左横のトイレのドアを開けようとしたとき、

「お母さん」

背後から八千代の大きな声がした。

「言ったでしょう、トイレを使っては駄目だと。さっさとコンビニなどのトイレに行って頂戴！」

友子は八千代の顔を見た。

眼が吊り上がっている。

友子は部屋に戻り、パジャマの上に薄緑色のカーディガンを着ると、鍵を持ち、黙ったまま玄関に出た。

サンダルを履くと、八千代はドアを開け、

「さっさと行きなさいよ」

追い打ちをかけた。

玄関を出ると、八千代はピシャリとドアを閉めた。

友子は、マンションの廊下を通り、自動ドアから外に出た。

十月で昼間は暖かだったたが、夜はカーディガンを着ても外は寒く、冷たい風が友子に吹き寄せる。

右に曲がり、五百メートル先にある車道に面したYコンビニに向かった。

「すみません、トイレを貸して下さい」

友子はレジにいる若い男の店員に声をかけた。

店員は友子を見た。

店員は、いつも夜八時から仕事に就いているが、見慣れない客であった。

頷いたものの、不審な顔で友子を見つめた。

(見たところ浮浪者という感じじゃないし、家にトイレがあるだろうに何故だろう？)疑問に思った。

五分ほどし、友子がトイレから出て、

「ありがとうございます」

友子は店員にお辞儀し外に出た。

再び、冷たい風が友子に吹き寄せる。


その日の午前二時頃、友子は目を覚ました。

いつも、この時間にトイレに行きたくなるのである。家のトイレを使いたい、しかし、隣の部屋で寝ている八千代が、物音や、電気の灯りが隣の部屋に少し漏れて、きっと気が付くに違いない。

友子は立ち上がると、電気をつけ、カーディガンを着ると、玄関の鍵を手にし、小銭入れを持った。

コンビニで何か買わなければ、申し訳ないと思ったのである。

廊下に出た。

玄関に向かって歩くと、背後でそっと、襖の開く音がした。やはり、八千代が気が付いて監視しているのだ。

マンションの外に出ると、

「寒い」

身震いした。寒さが増している。

寝起きで、足が思うように運ばない。

Yコンビニ迄、よたよたと歩いた。

店内にお客はいなかった。

「すみません、トイレを貸して下さい」

同じ店員がいて、黙ったまま、又も不審げな顔をして友子を見た。

(無理もない。こんな夜中に、カーディガンを着ているものの、パジャマ姿でトイレを借りに来るのだから。しかもこれで二回目なんだから)

友子は思い、丁重に店員に頭を下げると、トイレに入った。

ほどなく、トイレから出ると、カップラーメンをひとつ買った。

その日の午前七時過ぎ、友子は目を覚ましトイレに行きたくなった。いつものことである。八千代はいつも、この時間起きて、キッチンにいる。

友子は思った。

(そうだ。ちょっと距離はあるけど、別のSコンビニに行ってみよう)

友子は普段着に着替えると、玄関の鍵を閉め外に出た。曇り空で、夜中と比べ寒さが和らいでいる。

Sコンビニは、Yコンビニから歩いて五分ほどで、大通りに面した所にある。

この時間、Sコンビニのレジには二人の店員がいて、数人の客が列を作っていた。

友子は黙ったまま頭を下げるとトイレを使用し、カップラーメンをひとつ買った。

朝九時過ぎ、友子と八千代が食事をしていると、夫の誠が仕事から帰って来た。夜八時から朝方の八時迄、日曜日は休みで中央区にあるビルの警備員をしている。

疲れた表情で、朝食を黙々と食べた。

「今日の仕事、頑張らなくちゃ」

八千代が呟くように言うと、誠が箸を止め、顔を上げた。

「昨日は、儲かったのか？」

八千代に聞く。

「それがね、お父さん、最初、一箱ぐらいどんどん出たんだけど、次第に呑まれていって、駄目だった。結局、一万円の赤字。今日は二倍にして取り返すわ」

八千代は元気な声で答えると、

「早く並んで、いい台を取らないと。わたし仕事に出掛けるから、お母さん、食事のあと片付けをしといて。昨日も言ったように、自宅のトイレを絶対、使っては駄目よ」

八千代がパチンコ店Hに向かって自宅を出ると、友子は誠を覗き込むようにして言った。

「夜中、コンビニのトイレに行ったけど、寒くて辛かった…。自宅のトイレを使っちゃ駄目だと、あなたも同意してるの？」

「仕方がないだろう、きちんと清掃できないんだから。俺も汚れたトイレは嫌だよ」

友子は、黙らざるを得なかった。


吉川友子、七十八歳。夫の誠は七十五歳。一人娘の八千代は五十歳である。

都内の五階建ての三ＬＤＫのマンションの一階に住んでいる。

誠は都内の生命保険会社に長年勤め、六十五歳で定年退職、その後二年ほどして、現在のＹ警備会社に就職、ビルの夜間警備員として働いている。

友子は結婚後、数年うどん屋の店員として働くも、その後は仕事に就いていない。

八千代は高校を卒業後、都内の製薬会社に就職、庶務の仕事をしていたが、三年ほどで退職、その後は職を転々。三年前から職に就かず、パチンコに専念している。

八千代は美人である。細面で、色が白く、鼻筋がすっと通り、目は細く、唇は小さい。それに、ほっそりしている。

人当たりが良く、何人かの男性から好かれ、結婚話もあったが八千代は相手にしなかった。

よく、両親に言った。

「わたしは結婚して縛られるのが嫌なの。自由に生きたい」と。

洗濯は、友子が自分の分と聖一の分、八千代は自分の分は自分で洗濯している。

友子は午前中、洗濯したあと、並木京子に電話した。

京子とは半年前、区の施設の前にある広場のベンチで出会った。

買い物の途中、一息ついて休んでいると、同じベンチの端に同じような年齢の老女が座った。白いビニール袋を持っており買い物をしてのことと伺えた。

二人はベンチの端と端とで、ぼんやりとしていた。

ほどなくして、友子は視線を感じた。

端に座っていた老女が、

「この近くの方ですか？」

声を掛けてきたのである。

「そうですが」

友子は、老女に顔を向けて言葉を返すと、

「私もこの近くに住んでいます。買い物の帰りで時々、ここで休んでいます。でも、そちら様とは、初めてですね」

「そうですね。私は焼きそばが好きで、そこのスーパーで真っ先に買っているんですよ」

「あらっ、私も焼きそばが好きで、先ほど買ったばかりですよ」

老女はおかしそうに答えた。

二人は気が合った。

以後、午後二時頃、同じ場所で会うことに決めたが、その後、Ｐ喫茶店に場所を移して会うことにしていた。

京子は電話にすぐ出た。

「今日、大丈夫？」

「大丈夫よ」

京子は元気な声で答えた。

「今日は特に話したいことがあるの」

「そう、じゃ、いつものＰ喫茶店で」

京子は地下鉄Ｔ駅を挟んで路地に入った一角のアパートに一人住まいしている。夫は生前、建築会社に定年まで勤め、六年前死亡。

現在は年金生活をしている。

時間どおり二人はＰ喫茶店で会った。

いつも通り、二人はホットコーヒーを飲む。

早速、友子は京子に話した。

娘から自宅のトイレを使用してはいけないと言われ、昨夜、寒い中コンビニのトイレに行ったことを。

　京子は黙って聴いていたが、友子が話し終えると、

「娘さん、友子さんがトイレに行くのが、判るのね」

「物音もそうだし、電気をつけると、隣の部屋に少し明かりが漏れるの。自宅のトイレを使っていたときは、何もなかったけど、私を監視するように凄く敏感なのよ」

「そうなの……。ところでトイレを汚しているのを、自分では気が付かないの？　ちゃんと流しているんでしょう？」

「もちろん、流しているんだけど……。娘が言うには、完全に流していなかったり、便器の外のタイルが汚れていたりするんだって。自分でも、このところボケてきたような気がするけど」

「昨夜、コンビニのトイレに行って、汚していないの？」

「もしかして、汚しているかもしれない…」

　友子は口を噤んだ。

友子が京子と別れて、買い物をしたあと四時頃自宅に帰ると、八千代が居間で長椅子にもたれ、足を組みながら日本酒のワンカップを飲みテレビを見ていた。

八千代はパチンコで儲かると時々、ワンカップを買うのである。

「お母さん、儲かったわ。昨日損した分の一万円を差し引いて、二万円儲かったわよ」

上機嫌である。

ほどなく、近くの公園を散歩していた誠が帰って来ると、

「お父さん、ワンカップ一つ買っといたわよ。冷蔵庫に入っているから明日の朝、仕事終わったら飲んでよ」

「儲かったのか」

「うん。二万円、儲かったわよ」

八千代はぐいっと、ワンカップを傾けた。

誠は若かりし頃はパチンコに興味があったが、今はやらない。時々、大きなレースがあると、馬券を買うくらいで、それも千円以内である。一年

前、二万円儲かったことがあるが、以後、外れてばかりいる。

誠は六時頃、食事をして仕事に出た。勤務時間は夜の八時からである。

友子は、つくづく思う。

(自分はお酒は飲まないけれど、パチンコで儲かっても何一つ自分には買ってこないのだと。

儲かったお金は自分だけの食費と服と化粧品を買う。それでいて、パチンコ代に困ると、お金をせびりにくる。こんな娘に、何故なったんだろう。一人娘で、我が儘に育てた自分がいけなかったのかも知れないが……)

友子は昼間はトイレには困らない。

Yコンビニの側にある区役所の分室のトイレや、また歩いて十数分のところにある地下鉄F駅の改札口の外側のトイレ、商業施設のビル、大きなスーパーなどがあるからである。

それでも、八千代が行くパチンコ店のトイレには行きたくなかった。

日曜日の夜中、友子はトイレに行くため電気をつけると、隣で寝ている誠が、うっすらと目を開けた。

「コンビニのトイレに行くのよ」

友子が言うと、誠は頷き目を閉じた。

外に出ると、寒さがいっそう強く感じた。


夜中にコンビニのトイレに行くようになって五日目のことである。

いつもの店員が嫌な顔をした。

友子は咄嗟に思った。

(きっと、トイレを汚していることに気が付いたのだ)

しかし、友子は構わずトイレに入った。

トイレを出て、おにぎりを二つ買ったが、店員は愛想がない。

(嫌われてもいいのだ。明日から、替わる替わる、Yコンビニと、Sコンビニに行くことにしよう)

コンビニを出て、自宅へと歩いていると、前方から、巡回であろうか、自転車で若い警察官がゆっくりとペダルを踏んで来る。

警察官は友子の近くに来ると、自転車を止めた。

(こんな夜中に、カーディガンを着ていても、パジャマ姿で歩いている)

不審に思い、

「どうされました?」

警察官は自転車から降りると、友子を覗き込むようにして聞いた。

「そこのコンビニで買い物をしたんですが」

警察官は白いビニール袋を見た。

「こんな夜中に、しかもパジャマ姿で?」

友子は頷いた。

「そうですか…」

警察官は納得しない顔で、

「自宅までお送りしますよ。どの辺ですか?」

「すぐ近くです。ありがとうございます」

友子は素直に答えた。

警察官は自転車を引きながら、友子のマンションの前まで来ると、自転車をマンションの前に置き、一階の友子の住む部屋まで同行した。

「家族の方と御一緒ですか？」

警察官が聞いた。

「ええ、主人と娘と三人で住んでいます」

友子が鍵を開けるのを確認すると、

「夜中は、ぶっそうですから外出は控えたほうがいいですよ」

「ありがとうございます」

友子は警察官に深々と頭を下げた。

警察官が帰り、友子が玄関の鍵を閉め、部屋に入ろうとしたとき、隣の襖が開き、八千代が廊下から顔を出した。

「玄関先で男の人の声が聞こえたけど、誰なの？」

「警察官が見送ってくれたの」

「見送ってくれた？」

八千代は廊下に出ると、

「何か、あったの？」

声が荒っぽい。

「何もないわよ。夜中に一人で歩いているから、心配して見送ってくれたのよ」

「誰にも見られなかった？」

「誰もいなかったわよ」

「今後そのようなことがあったら、いいから一人で帰って来てよ。夜中でも、万一人に見られたら何事かと思われるでしょう、そのぐらい判らないの、馬鹿！」

友子は黙っていた。


翌日、友子はいつものようにP喫茶店で京子と会った。京子と会えることが何よりの楽しみで、昨晩の出来事を話すと、

「警察官の人、きっと認知症でさ迷っていると思ったのよ」

「認知症で…」

「そう思うのが当然よ。真夜中に、しかも、カーディガンを着ていても、パジャマ姿で歩いていたんでしょう」

「そうかもね」

友子はひとり笑いした。

「娘さんが言う近所の手前も判るけど、夜中のひとり歩きで、たまたま警察官が同行してくれて安心じゃない。今の世の中、物騒だから」

京子は続けて話した。

友子は複雑な気持ちになった。


二日後の夜中、友子はトイレで目を覚ました。

いつもと違い格段と寒い。

トイレに行かなくては、と思いながらも寒くてなかなか布団から抜け出せない。

抜け出せないまま布団の中で寒さを凌ぐように暫くじっと、身を構えた。

いつもなら、マンションを出て、コンビニへと歩いている。

しかし、いつまでも、トイレを我慢出来るものではない、咄嗟に友子は思った。

(今日だけは娘に怒られてもいい、自宅のトイレを使おう)

ゆっくり、立ち上がると、電気をつけ襖を開け廊下に出ると、トイレの前に立った。

そっと、トイレのドアを開けたとき、背後から、

「自宅のトイレに入るなと言ってるでしょう!」

八千代の怒鳴る声がした。

すると、我慢していたオシッコが、突然の八千代の怒鳴り声で漏れ、だらだらと、パジャマを伝いながらトイレの前の廊下に流れた。

八千代は振り向いた友子を睨み、両腕を組んで、廊下に立ちながら、

「早く死ね」

八千代が言った。

「早く殺せ」

友子が答えた。

完

夕焼け

平日の午後、山手線内回りの電車で、木村が原宿から品川にあるお得意先に向かっているときである。

電車が恵比寿駅に着き、ひとりの老婦人が乗車した。老婦人は周囲を見渡したが席は空いていない。

真向かいの右端に座っていた木村は、老婦人と眼が合った。しかし、木村は顔をそむけ知らんぷりした。

ドアに隣接してすぐ、左側に座っていた中年の女性が気が付き、

「どうぞ」

席を譲った。

「ありがとうございます」

老婦人は頭を下げると、席に座った。

木村はお年寄りに席を譲った中年の女性を上目使いに見た。不愉快になった。

木村は半年ほど前から人に親切にする人間を見ると、不愉快になった。社会通念が馬鹿馬鹿しくなったのである。

木村貴、五十二歳。原宿にある大手証券会社の営業部長である。文京区のマンションに住み、妻の啓子と銀行に勤める娘の朋子とのごく平穏な三人家族である。

一カ月後の五月の中旬。

仕事の帰路の六時半過ぎ、木村は自宅近くのスーパー「P」に寄った。

一週間に一回ほど、焼酎を飲み干すと買うのである。客はまばらだった。

焼酎はいつも奥の正面の棚に置いてある。

木村はカゴは持たず、いつもの銘柄の焼酎を一瓶手にし、入り口にあるレジの方向へ身体を向けたときである。

斜め向かいの右側の棚から面識のない青いポロシャツを着た中年の男

が、今まさにチーズの袋を右手に持つと、ズボンの右ポケットに滑り込ませた。
前にも後ろにも、客はいない。
しかし、男は人影を感じたのか、斜め方向に顔を向けた。
木村と眼と眼が合った。
木村は平然と、何もなかったような顔をした。
男は安心したような顔をして、レジに向かった。
男はカゴを持ちながらレジに並び、木村は男の後ろに並んだ。
男のカゴの中には肉類や野菜の食料品があった。
男はレジを無事に通過。
万引き成功である。
木村は万引きを初めて見た。
嬉しくなった。
男に大いに共感を感じ、友達になりたいと思った。
木村には万引きする勇気がなかったからである。

男は店の前の信号をまっすぐ渡った。
木村は男の後ろ姿を眼で追いながら、再び男と出会うことを祈った。
男は信号を渡ると、右折した。
木村は店の通り沿いの道を再び自宅へと向かった。
夕焼けがいつもより綺麗だった。

完

一緒に

冬の午後、少女は歩いている。

一人で歩いている。

少女は行き先が分からない。

ただ歩いている。

長く伸びた細い路地を歩いている。

誰も、少女以外、歩いていない。

少女の影だけが、細長く前方に影を落としている。

細い道の両側には家々が立ち並んでいるが、まるで人が住んでいないようにひっそりと静まり返っている。

少女は一人でもいい、仲間がほしいと思い、どんよりとした冬の空を仰いだ。

すると、先方の路地の右の曲がり角から、少女と同じ年頃の少女が姿を現した。
少女が曲がり角まで来ると、二人は並んで細い道を歩いた。
二つの影が前方に伸びた。
無言で歩き続けた。
見知らぬ相手だった。
しかし、少女にとって相手は誰でもいい。
一緒に歩いてくれればいいのだった。
行き先が死であっても。

完

亡霊

太田の友達は亡霊である。

身体はあるものの、人目には見えない亡霊で声だけ出す。

この亡霊、太田と都内世田谷区のアパートの一室で共同生活をしている。


一カ月前の八月の後半のことだ。

太田が晩酌をしていると、

「今晩は」

前方で声がした。しゃがれた男の声である。

しかし、姿はなく、声だけである。

「失礼します」

又も声がして、テーブルを挟んだ真向かいの椅子がキィーと音を立て後ろに下がり、人の気配がした。

「声だけして、姿の見えないあなたは誰なの？」

太田は姿の見えない相手に声をかけた。

「亡霊です」

声が間近になった。

「亡霊？」

「そう、亡霊です」

「ドアには鍵がかって閉まっているのに、この部屋にどうやって？」

「通り抜けたのです」

「通り抜けた？」

「そうなんです」

「凄い。そんな超能力、俺も欲しいよ。で、何の用で？」

亡霊は静かに語り出した。

「私は三日前、癌で病死。昨日、火葬場で焼かれました。六十八歳でした」

「なぜ、まっすぐあの世に行かなかったの？」

太田は興味を持ち、聞いた。

「まだ、死にたくなかったのです。この地上に、まだまだ住みたかったのです。でも、病気には勝てなかった……」

亡霊は言葉を切ると、一言、一言、噛みしめるように話した。

「私は隣町のアパートに住んでいた小山というものです。独身で家族はありません。私はあなたと同じようにいつも晩酌をしていました。それが唯一の楽しみでした。あの世に、まだ行きたくない。わたしは天空をさ迷いながら、天に祈りました。誰かこの地上で、私と親しく話し合える人の元に連れて行って欲しいと。私の身体は見えなくてもいい、まだまだ私は人と話をしたい、そう私は祈り続けました」

亡霊はふと、深呼吸するかのように言葉が途絶えた。

太田は姿なき、真っ正面の空間を見据えた。

亡霊は再び話を始めた。

「私の身体は天空をゆっくりと大きく回転しました。そして回転しながら、しだいに意識を失いました。気が付いたとき、あなたのアパートの前にいたのです。そして私の身体は導かれるように、ドアを素通りしてあなたの部屋に入ったのです。私は天に感謝しました」

「そうなんだ」

しばらく沈黙が続いたあと、

「俺も、親しい友人がいない。そうだ、今から一緒に住もう」

太田が言った。

「本当ですか。ありがとうございます」

亡霊が元気な声を出した。

そのあと、二人はそれぞれ自己紹介した。

太田公雄、四十歳。独身。青森の高校を出て、都内の薬科大学に進学。その後、大手の製薬会社で薬の開発業務をしている。

過去には好きな女がいたが、結婚を断られ、生涯独身で過ごそうと思っている。

小山博。北陸の高校を出て、都内の大手スーパーで販売員として働いたが、十年ほどで退職、以後職を転々。十年前から警備会社で工事現場の警備員として働いていたが、半年前、癌が発覚し、数日前病院で死亡した。

「亡霊さん、俺は寝るよ。亡霊さんの布団はないけど、座布団でいいかい？」

「おかまいなく、わたしは座布団で充分ですよ」

太田は座布団を二つ並べると、ひとつの座布団の上で、

「お休みなさい」

声がした。

「夜は寒いから、毛布を掛けるよ」

太田が座布団の上に毛布を掛けると、毛布が膨らんで、

「ありがとうございます」

声がした。

真夜中、太田は必ず一回はトイレに行く。

毛布は膨らんだまま動かない。

（ぐっすり寝ているんだ。トイレに行く必要もないし、羨ましいよ）


翌朝。

太田が起きると、ひとつの座布団の上に毛布がきちんと畳んである。

「おはようございます」

昨夜、亡霊が座った椅子の上で声がした。

「ぐっすり寝ていたね」

「おかげさまで。亡霊の私は好きなお酒は飲めませんけど、太田さんが飲んだお酒の匂いを嗅ぐことが出来、いい気持ちになって、ぐっすり眠れました」

「匂いだけで、いい気持ちになった？」

「そうなんです」

亡霊は声を張り上げ言った。

「幸せだな」

太田が感嘆した声で言うと、

「毎晩、匂いを嗅がせてください」

亡霊は哀願するような声を出した。

「毎晩、飲むから大丈夫だよ」

太田は答え、続けて言った。

「今から、亡霊さんではなく、小山さんと呼ぶよ」

「光栄です」

亡霊が答えた。

「小山さん、会社に行ってくるよ」

太田が鞄を持ちながらドアの入り口で言った。

「行ってらっしゃい」

亡霊が見送った。


こうして、太田と亡霊との共同生活が始まって二日後の夜。

「太田さん、お酒を注ぎますよ」

亡霊が言うと、徳利が宙に浮かんで、太田の持つお猪口に酒が注がれた。

「ありがとう」

「いい匂いですね。酔いますね」

亡霊の声がした。

「いいなあ、匂いだけで酔えるなんて。ところで小山さん、昼間はどんなテレビ番組を見てるの？」

「私は生前から、ミステリー番組が好きだったので、見ています」

「俺も好きだよ。でも小山さんの存在自体がとても、ミステリーだよ」

「そうかも知れませんね」

小山は苦笑いするような声を出した。

「ところで太田さん、私は生前、料理が好きだったのです。言ってくださされば、作っておきますよ」

亡霊が太田に言った。

「そうなんだ、じつはいつもコンビニの食べ物ばかりであきあきしていたんだ。手料理を食べたいよ」

「分かりました。カレーはお好きですか？」

「大好きだよ」

「それでは明日、チキンカレーを作りますのでカレー粉、鳥肉等買って来て下さい」

「うん、買ってくる。ちょうど、お酒もなくなったから、ちょっと高級なお酒も買ってくるよ。小山さん、楽しんでよ」


その夜、亡霊はチキンカレーを作った。

太田は椅子に座りながら、興味深げに亡霊の作るチキンカレーを眺めていた。

まな板の上で、包丁だけが鶏肉を刻んでいる。

「小山さん、包丁さばきが手慣れているね」

太田が亡霊に声を掛けると、包丁が停止して、

「生前ずっと自炊してましたから」

まな板の上で声がした。

ガス台では、カレーがブスブスと音を立てて煮立っている。

「ああ、いい匂いだ。あの世に行かなくて、幸せだ」

亡霊が嬉しそうな声を出し、煮立っているカレーのガスの火を止めた。

「あと、ご飯が炊けるまで少し待ちましょう」

亡霊が言ったあと、太田の真向かいの椅子が少し下がり、太田の正面で声がした。

「太田さん、どうぞ晩酌をして下さい」

「ありがとう。今日は、ちょっと高級なお酒を買って来たよ」

太田は脇においてあったビニール袋から五合瓶を取り出した。

「銘柄は何ですか？」

亡霊が聴いた。

「〇〇だよ」

「その銘柄、私も好きでした」

亡霊が言った。

亡霊は立ち上がり、用意していた徳利にお酒を注ぐと、隣接した台にある電子レンジでお燗した。お燗したあと、

「注ぎますよ」

徳利が宙に浮かんで、太田の持つお猪口にゆっくりと酒が注がれた。

お酒の匂いが漂い、

「いい匂いですね」

亡霊は酔いしれるような声で言うと、言葉を続けた。

「カレーの匂いといい、お酒の匂いといい、こんな幸せありません。お、どうやら、ご飯が炊けたようですね」

亡霊は立ち上がると、すぐ食器棚が開いた。

一枚の皿が出てくると、宙に浮いたまま炊飯器に移動、炊飯器が開き、そばにあったしゃもじが上昇し、お皿と並んだあと、しゃもじがお皿にご飯を数回載せた。

次にお皿はお鍋の上で停止した。すると、すぐ側に置いてあるお玉が上昇、お鍋の中に入り込んで、お玉が数回、円を描くように動き、カレーをかき混ぜた。

そこからお玉が上昇して、お皿のうえにカレーを注いだ。しゃもじは鍋の側に戻り、お皿だけが宙に浮きながらテーブルに移動した。


それから数日後の午後。

亡霊は歩いて半時間ほどのＦ公園に散歩に出た。

生前、よく散歩していた公園である。

途中、若い男が乗る自転車が亡霊の正面に走って来た。しかし、亡霊は避けようとはせずそのまま歩いた。亡霊は、自転車の前輪と若い男の顔を間近に見たまま、すっと通り抜けた。

自転車は、何事もなかったように走り去った。

Ｆ公園は広々として正面の右側に大きな噴水があり、水しぶきを上げ、カモが数羽泳いでいる。噴水の周りには幾つかベンチがあって数人の男女が座っている。

亡霊は噴水の外側にある散歩道を歩いた。

両側には木々が茂っている。

向かい側から、犬を散歩させている中年の女が歩いて来た。間近に迫ったとき、急に犬が亡霊の方向を見つめて吠えだした。

(この犬、俺の姿が見えないのに吠えている。俺の匂いでも、嗅いだのかな)

亡霊は思った。

しかし、驚いたのは犬を連れた中年の女である。

「誰もいないのに、何で吠えてるのよ」

中年の女は紐をぐっと引っ張った。それでも犬は向きを変えず、亡霊に吠え続けた。

「最近、おかしい人間が多いけど、犬までおかしくなったの」

中年の女は呟くように言った。

犬との距離が離れ、吠え声は止まった。

その夜、仕事から帰って来た太田に公園で犬に吠えられたことを話すと、太田は笑いこけた。

亡霊は、料理から部屋の掃除、洗濯等、家政婦のように働いた。

同居して二週間ほど経ち、太田がお風呂に入ろうとしたとき亡霊が言った。

「太田さん、背中を流しますよ」

「そんなことまでしてしてくれるの」

「遠慮しなくていいんですよ」

「じゃ、お願いするよ」

手拭だけが、太田の背中をゴシゴシと上下に動いた。


三カ月ほど経った。

太田が晩酌しながら、

「小山さん、俺も死んだら小山さんのように、あの世に行かず、天にお願いして地上で現存する話し相手を見つけて貰い、一緒に過ごしたい」

亡霊は黙っていた。

「その時、小山さんも天にお願いして、新しい話し相手を見つけて貰うといいよ」

「……お話は判りました。そこでご相談ですが、もしそうなったら太田さん、同じ亡霊同士、場所を決めて定期的にお会いしませんか？　せっかくのご縁、大切にしたいのです」

「そうしてくれると、俺も嬉しい。そうだ、週の初めの毎週月曜日、噴水のあるＦ公園のベンチで、カモを見ながら会うことにしよう」

「賛成です」

亡霊が元気な声を出した。

「人がベンチに座っているときは、噴水の欄干にもたれて、又ベンチに座っていても、人が座りそうなときは、欄干にもたれて話をしよう」

太田が言うと、

「周りの人は声だけ聞こえて、不思議がるでしょうね」

亡霊が面白がるように言うと、

「楽しいね」

太田が言った。

「太田さん、今すぐ死ぬわけではないし、まだまだ先のことですよ」

徳利が宙に浮かんで、太田の持つお猪口にお酒が注がれた。

完

悪魔のいたずら

フロントガラスに春の陽光がきらめくお昼過ぎ。

上山が世田谷の幹線道路を運転していると、信号の手前で、女が手を上げた。

上山は車を停め、後部ドアを開けた。

女は、三十代と見られ、白いワンピース姿の細面の顔立ちで、色白でほっそりとしている。

女は座席に座ると、

「上野駅までお願いします」

上山は頷くと、車を走らせた。

数分し、女が上山に話した。

「このお仕事、何歳のころからやっているのですか」

「三十代のころからで、もう三十数年やってます」

「長いのですね。その間、無事故で？」

「お蔭様で、事故はありません。安全運転が何よりも大切ですから」

「たいしたものですね。都内にお住まいですか？」

「ええ、家内と二人で」

「お孫さんはいらっしゃって？」

「娘夫婦が埼玉に住んでいて幼稚園の男の子が一人いますよ」

「幸せですね。羨ましいわ」

女は一息つくと、

「ところで運転手さん、私、誰だか判りますか」

上山は、ちらっと、後ろを振り向き、

「有名人ですか」

「違います。私、悪魔です」

「悪魔…、お客さん冗談は止めて下さいよ」

上山は、半ば笑い声で言った。

女は真顔な顔で、

「本当です。私は悪魔です」

「お客さん、本当に冗談がお好きですね。もし悪魔なら、魔法の杖を持ち、黒い頭巾と、黒いマントを着た年配の女ですよ。お客さん、まったく違うじゃありませんか」

「そうかしら」

女は、くすりと笑った。

「そうですよ。長年、いろんなお客さんを乗せて来て、お客さんのように面白いこと言う人、初めてですよ」

「すぐ判るわ、私が悪魔だということ。悪魔は運転手さんみたいな真面目な人を見ると、特に悪戯したくなるのよ」

上山は黙っていた。

車が青山付近に来たときである。

女は顔をもたげて、

「運転者さん、ごめんなさい。急に用事を思い出したの。次の信号で降ろして下さる？」

「判りました」

上山は頷いた。

女は茶色のハンドバッグから黒い財布を取り出すと、

「お釣りは要らないわよ」

料金の受け皿に一万円札を置いた。

「お客さん、いくら何でも一万円は多すぎますよ」

「いいのよ、運転手さん」

女はこともなげに言った。

「困りますよ」

上山が運転席の上部にある鏡を見ると、今迄、映っていた女の顔がない。

「あれっ」

背後を見た。

誰も座っていない。

（そんな馬鹿な。ふざけて座席の下に隠れているのかな、そうに違いない）

「お客さん、隠れてないで出て来て下さい」

しかし、女は現れず、何の返事もない。

上山は路肩に車を停めると後部ドアを開けた。下車し、後部座席を覗いた。

座席の下にも女はいない。

(そんな馬鹿な)

しかし、料金の受け皿には一万円札が置いてある。

(これは幻ではなく、厳とした事実なのだ。しかし悪魔とは思えない。が、もし悪魔だとしたら……)

上山はトランクに目を向けた。

(悪魔なら下車しないで、そのまま後部座席からトランクに通り抜けることができるかもしれない……)

上山は車の背後に廻ると、恐る恐る、そっとトランクを開けた。

空っぽで、女はいなかった。

上山は不可思議な気持ちに囚われながら、車を発車させた。
交差点の信号が赤である。
上山はブレーキをかけた。
しかし、ブレーキが利かない。
上山の車は右方向から来た大型車にはねられ一回転した。
そして、炎上した。

完

見えない相手

「ごつん」

栗原は背中を殴られ、前のめりに倒れた。

持っていた鞄も落ちた。

「誰だ」

痛みを堪え、後ろを振り返ったが、誰もいない。前方にも、誰もいない。

(そんな馬鹿な。躓いたわけではない、確かに殴られた、それも拳で。間違いない。それにしても、足音もしないし、影もない。しかし、殴られたことは確かだ)

栗原は鞄を持ち、やおら立ち上がった。

出勤途中の細い道で、いつも人影はまばらだ。

五分ほどして、栗原が最寄り駅の地下鉄F駅へ下る中ほどの階段を降りていると、誰かが背中を押した。倒れそうになり、咄嗟に手摺りに掴まった。後ろを見た。いま丁度、地上から入って来た若い男一人だけである。

前後に足音もしないし、影もない。

（こんなことって、あるのだろうか？）

栗原は恐ろしくなった。

地下鉄F駅のホームに立った。

（見えない相手に、押されるかもしれない）

F駅はホームドアがあるが、ずっと後方に下がって電車を待った。ほどなく電車が到着。

渋谷駅で下車し山の手線のホームに立った。渋谷駅はホームドアがない。

栗原はホームのずっと後方に立った。

見えない相手とは知りつつも、周囲に訝しげな人物がいないか見渡したが、それらしき人物はいない。

電車が到着。

座席に座りながら、栗原は自分自身に言い聞かせた。

（見えない相手に背中を殴られたり、押されたりしたのは錯覚ではない。痛かったし、前のめりにもなったのだ。歴然とした事実なのだ）

目白駅で下車した。

歩いて五分、会社に着いた。

五階建てのビルの三階を借りている個人住宅を専門とする中堅のO建築会社で、栗原は施工課長である。

始業後、すぐ栗原は五人の部下を前に、話さずにはいられなかった。

「信じないかもしれないが」と前置きし、出勤前に起こった見えない相手に背中を殴られたり押されたりしたことを話した。

五人は、眼を凝らして聴いた。その中で、一人二十代の女性の岡本が、栗原が話し終わると、

「課長、私は信じます。見えない相手に突然襲われる。そういう事ってあると思います。私だって、課長みたいに、いつ何時、見えない相手に襲われるかもしれない……」

岡本は同僚の顔を一人ひとり見た。

うち一人の三十代の大山が、

「……信じられないよ」

呟くように言うと、残る三人も首を縦に振って同意した。

「私は信じるわ」

岡本が繰り返し言った。

「朝から、おかしな話をしてごめん。さあ、仕事しよう」

栗原は元気な声を出した。


栗原は仕事を終えての帰路。

見えない相手に、いつ襲われるか判らない恐怖心から、電車のホームの後方に位置し、階段の上がり下りも手摺りに掴まった。

電車を降りての帰宅も、恐る恐る歩いた。特に今朝見えない相手に背中を殴られた細い道に来ると足を速めた。

帰宅し、居間でテレビを見ている妻の早苗に信じてくれないと思いながらも、見えない相手について話した。

「何を馬鹿なこと言っているの。透明人間なんか、いるわけないでしょう。さっさと着替えなさいよ」

栗原は着替えながら、信じないのが当然だと思った。

栗原和雄、四十一歳。大阪の出身。

都内の大学の建築科を卒業し、現在のＯ建築会社で働いている。妻の早苗、三十九歳。

子供はいない。

都内世田谷区の野沢にある賃貸マンションの二階、二ＤＫに住んでいる。


その後の二日間は、何もなかった。

そして三日目の朝。

始業時間の九時を過ぎても岡本が来ない。

いつも、三十分前に来て、机を拭いているのにどうしたのだろう。

九時半になった。

連絡もない。

栗原以下、四人の部下は心配になった。

「どうしたんでしょう？　遅れるなら遅れるで、必ず連絡して来る筈なのに……」

一人の部下が栗原を見つめて言った。

数分後、栗原の机上に配線されている電話が鳴った。

受付の総務からの電話で、

「岡本さんのお母さんからです」

厭な予感がした。

「栗原ですが」

「娘が走っているバスに飛び込んで自殺しました」

悲しみを押さえた詰まった声である。

「飛び込み自殺……」

栗原の言葉に周囲はしんとなった。

「山手線の新橋駅に向かう途中で……。信じられません。いつも元気で自殺なんて考えられません。今朝も元気に家を出ました」

「私も信じられない…」

栗原は答えた。

母親は言葉を続けた。

「目撃者の話によると、歩道を歩いていた娘が後ろに誰もいないのに急に押されるように車道に走り出て、走行しているバスにうつ伏せになるように倒れたそうです……」

母親の声が再び詰まった。

「押されるように倒れた…」

栗原の言葉に周囲はしんとなった。

「バスは急停止しましたが、間に合いませんでした。すぐ救急車で今、私が電話しているY病院に運ばれましたが即死とのことでした」

「………」

栗原は言葉が出なかった。

母親は一息つくと、

「持参していた健康保険証から、身元が判り警察から家に電話がありました」

「……お通夜、お葬式、日にちが判りましたらご連絡して下さい」

「ありがとうございます」

電話は終わった。

栗原は呟くように言った。

「ひょっとして、見えない相手に背中を押されたのかも知れない。きっと、そうだ」

完

ある愉しみ

喜美子は朝食後、お線香をあげ仏壇に手を合わせながら、半年前の三月に亡くなった夫の俊雄の上半身の遺影に声をかけた。葉書大の遺影で、五十代の細面のきりっと引き締まった顔である。

「これからお仕事致します」

仏壇の前から、昨日お墓から取り出してきた骨壷を両手に持ち、部屋の中央のテーブルに置いた。俊雄の骨壷である。

テーブルには用意していた紙の空き箱二つとセロテープが置いてある。二つの空き箱には新聞紙が敷いてある。

喜美子は椅子に腰掛けると、ゆっくりと骨壷の紐をほどき、空き箱の中に遺骨を少しずつ少しずつ移し替えた。ざらざら音がして、大小の遺骨が空き箱に流れ、同時に遺骨の粉末が眼の前に拡がった。

喜美子は一息つくと、ひとつ、ひとつの骨を見つめた。

喉仏の骨があった。

喜美子は手を合わせ、

「俊雄さん」

慈しむように声をかけると両手で喉仏の骨を包み込み、右手でゆっくりと骨を撫ぜた。

何回も撫ぜた。撫ぜ終わると、そっと、もうひとつの空き箱に置いた。

続いて骨を移した紙箱に眼をやると、粉末に紛れてひときわ横幅の大きいカーブを描いた骨の一部分が眼に入った。両手で粉末をどけると頭部の骨と判った。同じように骨を何回も撫ぜた。

更に、頭部の骨の横に小さいが、大きく窪んだ骨が一つあった。眼球の部分かと推則し、両手で同じように何回も撫ぜた。

もう一つの眼球部分の骨を探すため、両手で骨の間を探したが見当たらなかった。

(火葬場で、きっと砕けたに違いない……)喜美子は思った。

額の部分の骨を探した。半分、砕けたそれらしき骨があった。喜美子は両手で持つと、何回も撫ぜ、同じようにもうひとつの紙箱に置いた。いずれの骨もゴツゴツとして、硬く冷たかった。

喜美子は骨を移した紙箱を眺めたあと、左手で頭部の骨を持ち、右手で額の部分を持った。頭部と額の部分を合わせようとした。

しかし欠落した部分が多く、なかなか合わない。それでも喜美子は構わず、欠落したまま、セロテープで頭部と額との間を貼り付けようとしたが、なかなかな貼り付かない。それでも数回、擦るように貼り付けると、何とか繋がった。

喜美子は繋がった頭部と額の骨を交互にそっと撫ぜながら話した。

「俊雄さん、なんとか頭部と額の一部が繋がったわ。とても嬉しい。こうして繋がった骨を撫ぜていると、あなたとの生活が想い出されます。何といっても、南紀への新婚旅行です。吊り橋の上で怖がるわたしを、あなたが後ろでわたしの肩を両手でしっかりと持ち支えてくれたこと、今でもありありと思い出します。

これから毎日、少しずつでも、ちゃんとしたお顔になるように骨を繋ぎ合わせていきます」

話終わると、喜美子はもうひとつの空き箱に繋ぎ合わせた骨をそっと入れた。

そして空になった骨壷と空き箱の二つをそれぞれ仏壇の前に置いた。

喜美子は、初め粘着力の強いガムテープで貼り付けることを考えたが、それでは骨が見えなくなってしまうので、セロテープにしたのであった。

喜美子は俊雄が死んで寂しい日々を過ごしていた。仏壇に手を合わせるだけでは、寂しさは拭えなかった。

それが四日前の朝、食事をしているとき、ふとある事を思い付いたのである。

しかし、(そんなことして、いいのかしら。ご先祖様にご迷惑をかけるのではないかしら) 躊躇した。

それでも昨日の夕方、喜美子は実行した。

俊雄への寂しさがそれらを上回ったのである。

自宅から歩いて三十分ほどのお寺に喜美子は向かった。

自宅近くからお寺までバスは通っていないため、ゆっくりと歩いた。

お寺は、しんとして境内には誰もいなかった。左側に大きなイチョウの木があり一斉に葉が黄ばみ、数枚、地上に落ちている。

喜美子は本堂に手を合わせると、左に隣接した墓地に入った。境内と同様、誰もいなかった。お墓は墓地の中央から、やや左側にあった。

喜美子はお墓に手を合わせ、お線香をあげた。

「悪く思わないでね」

墓碑に語りかけると、屈み込んで納骨の扉に両手を置いた。重くてなかなか開かない。しかし、何度か力を入れると、少しずつ少しずつ開いた。左側から順番に、夫の父、母、そして夫の骨壷が置いてある。喜美子は夫の真新しい骨壷を、そっと両手に持つと持ってきたバッグの中にしまい込んだ。

「お父さん、お母さん、俊雄さんの骨壷を持って行きます。許して下さいね」

父母の骨壷に手を合わせると、静かに扉を閉めた。今度はスムーズに閉まった。

立ち上がると、再び墓碑に手を合わせながら話した。

「わたしは、あることを思いついたの。あなたへの愛情の故で、悪く思わないでね。遺骨を持って帰ります」

喜美子はバッグを左手に持った。思ったより重くなかった。

お寺を離れ、自宅へと向かう道すがら、俊雄と肩を並べて歩いているような気持ちになった。

商店街に出た。

（そうだ、俊雄さん、コーヒーを飲みましょう）

喫茶店「T」に入ると、客はまばらだった。

テーブルを挟んで椅子が二つある席に座ると、真向かいの席にバッグをそっと置いた。

（この喫茶店、最近できたばかりで、俊雄さんは入ったことがないけど、広々として落ち着くわよ）

注文したコーヒーが届くと、喜美子はバッグを見つめながら、ゆっくりとコーヒーを口にした。

自宅に帰り、骨壷を仏壇の前に置くと、

(明日から、お仕事に取り組みます。それまでここにいてね)

手を合わせた。

喜美子は遺骨の顔の部分だけでもセロテープで繋ぎ合わせ、少しでも元の顔に戻そうと思ったのである。元に戻し、会話したいと思ったのである。


梅宮喜美子、七十歳。都内豊島区の一軒家にもともと俊雄の父母が住んでいたが、父が亡くなり、そして母が亡くなり、同所に住むようになって二十年経つ。それまでは家族で同じ都内の文京区の賃貸マンションに住んでいた。

俊雄は六十八歳、心筋梗塞で半年前に死亡。

俊雄はサラリーマン家庭に姉一人、男一人の長男として育ち、姉は青森に嫁している。

　俊雄は都内のＫ大学の文学部を卒業後、大手の出版社に入社。編集業務の仕事に携わり、六十五歳の定年退職時は編集長をしていた。その後、三年間嘱託として後進の指導にあたった。娘が二人いて、名古屋と大阪に嫁している。


　翌日の午前中、喜美子は仏壇の前から二つの空き箱を取り出すとテーブルに置いた。

　小粒で歯が二つ付いた顎の一部の骨があった。

　喜美子は両手で持つと、顎の骨と二つの歯を丁寧にそっと何回も撫ぜた。

（そうだ。接着剤を買おう。小粒の骨どうしを接着させて繋いでいこう。そして、骨と骨との埋まらない部分は綿で繋いでいこう）

　喜美子は思い立つと、テーブルに二つの紙箱を置いたまま、すぐ接着剤と綿を買いに出かけ、三十分ほどで帰宅。繋ぎ合わされてない骨の空き箱を見た。

一つの小粒の骨を、そしてそれに合うような小粒の骨を、一つ手にして合わせようとしたが、どうしても合わない。喜美子は一つずつ合わせていき、最終的に合わないときは綿で繋いでいこうと思った。

それが喜美子の日課になった。

セロテープではなかなか繋がらない骨、接着剤でもなかなかつかない小粒の骨。でも喜美子はそれが楽しかった。何度でも繰り返し、試みながら喜美子は話した。

「俊雄さん、あなたと子供の小学校の入学式の参加、運動会、そして夏休みなど家族でキャンプに行きましたね。そのときのあなたの溌剌とした嬉しそうな顔。二人の娘の結婚式での嬉しそうな淋しそうなあなたの顔。そして時々些細な事で夫婦喧嘩しましたね。あなたの、ちょっと怒った顔。いろいろな思い出が次から次へと浮かんで来ます……」

十日ほど経った。

頭部と額、顎の一部を所々、綿で埋め合わせながら、顔の半分ほどが繋がった。

そして朝食のあと、新たに繋げようと額の一部分らしい小粒の骨を、一つ手にしたときである。喜美子は、

（おやっ）と思った。

骨が温かいのである。まるで骨に血が通よったように温かいのである。

喜美子は次から次へと骨に触れてみた。

いずれの骨も温かい。

そして骨を撫ぜると、応えるように温かさが増した。

「俊雄さん、ありがとう。私の気持ちが通じたのね」

喜美子は一息つくと、骨を撫ぜながら言葉を続けた。

「俊雄さん、わたしは死ぬまで、こうして骨を繋いでいきます。繋ぎ終わっても、またバラバラにして繋いでいきます。こうして、俊雄さん、あなたとの会話をわたしは死ぬまで続けていきます。これはわたしと俊雄さんだけの秘密です。娘の家族が、わが家に訪れたときには、骨壷や骨を押し入

れの奥深くに隠します」
骨の温かさが、ぐんと増した。

完

妄想狂

日曜日の午後、及川が買い物で近隣の野村宅の前を通ると、野村宅の飼い猫が玄関の前で、初夏の光を浴びながら眼を閉じ、気持ち良さそうに蹲まっている。

白と黒の斑模様の猫である。

(気持ち良さそうに寝ているな。幸せな奴だ。俺も、お前みたいになりたいよ)

そう思いながら、及川が通り過ぎようとしたときである。急に猫が眼を大きく開き、及川を上目遣いに見た。及川は足を止めた。

眼と眼が合った。

すると猫は、前足に力を入れ後ろ足を立てると尾っぽをピンと立て、挑発的な振る舞いをした。

そして、そのあとすぐ大きく欠伸した。

(この猫、俺を馬鹿にしているのか。この野郎!)

及川は無性に腹が立った。

猫を脅かすように数歩、歩み寄った。

猫は、さっと右隣の庭の奥に逃げ込むと、庭木の陰に蹲るように隠れ、じっと及川を伺っている。

(ふざけた猫め、殺してやる)

及川は思った。

及川は、一年ほど前から野村宅の玄関の前や庭先で、この飼い猫を時々、見かけてはいたが、今日みたいに馬鹿にしたような、振る舞いをすることはなかった。

(何でだろう?)

野村宅は三十年前から住んでいる。

野村信一、妻俊子、それに息子の誠の三人で住んでいたが、十年前、誠が結婚し、大宮に引っ越した。現在は夫婦二人で住み、共に七十代である。

野村信一は、法務局を定年退職、その後、五年ほど民間の会社に勤め、現在、仕事はしていない。

よく夫婦で散歩したり、買い物をしたりしている。

及川とは道で会うと、きまって先方から挨拶し、及川も挨拶を返す。

(礼儀正しい人だ)

その都度、及川は思った。

一年前に夫妻は猫を飼った。

猫の名前はタマである。


及川博、福島の出身。二十九歳、独身である。二人兄弟で兄は結婚し、六十代の両親と一緒に住み、父の経営する酒の卸業を手伝っている。

及川は福島から都内の私立大学を卒業、日本橋にある証券会社の営業マンとして働いている。成績は抜群で、人当たりもよく、幹部候補である。

目黒区東山にある三階建ての賃貸マンションの一階に住んでいる。

その日、及川は猫が自分を馬鹿にした振る舞いをしたことがなかなか頭から離れなかった。猫に馬鹿にされるなんて、腹がたって仕方がなく、なかなか寝つけなかった。

猫に会ったのは三週間ぶりであり、それ以前、自分に対してああした振る舞いをしたことがない。訳もなく、自分を馬鹿にしたような振る舞いをしたとは考えらない。何か原因がある筈だ。しかし、その原因が思い浮かばない…。

翌日の月曜日も、最寄り駅まで歩きながら、又、電車の中でもいろいろ思いを巡らしてみたが、原因が思い浮かばない…。

数日経っても、頭から、なかなか離れない。社内で上司の小林課長が、

「及川君、ここ二、三日、何か物思いにふけっているときがあるけれど、何か心配ごとでもあるのかい？」

机を並べている同僚も、心配そうに及川を見つめた。

「いえ、何もありません」

及川は、そう答えるしか、すべがなかった。

悶々としながら十日ほど経った会社の帰途、及川は最寄り駅の近くで、これから買い物をするのであろうか、野村夫婦と出会った。

いつものように先方から挨拶した。及川は挨拶を返したあと、

「十日ほど前。玄関の前で猫ちゃんを見かけましたが、その後、元気ですか」と聞いた。

「お蔭様で元気ですよ。玄関や庭先に出ないときは、いつも私たち夫婦の側で、寝そべっていて、まるで私たちの話を聞いているみたい」

奥さんが笑い声を交えて言った。傍らで旦那さんも頷いた。

及川は奥さんの言葉に、はっとした。

はっと、しながらも、おくびには出さず、

「面白い猫ですね」

にこやかな顔を繕いながら、その場を去り、自宅へと向かった。

歩きながら、

(もしかして、もしかして、いやそうに違いない。きっとそうなのだ。

あの夫婦が俺を馬鹿にした悪口を言っていたのだ。

それをあの猫が聞いたんだ。それで俺を馬鹿にしたような振る舞いをしたのだ。そうに違いない、いや絶対そうだ。

しかし、あの夫婦め、とんでもない夫婦だ。偽善者だ。人の良さそうな、温厚な顔をして、蔭で人を馬鹿にした悪口を言うなんて。ふざけた奴だ。

あの夫婦、絶対殺してやる！

偽善夫婦め、包丁で一気に突き刺してやる。猫はいい、夫婦の話を聞き、俺を馬鹿にした態度をしたにすぎない。

元はあの夫婦なのだ）

及川は通勤の行き帰りなど、野村宅の前を通るたび、観察した。

夕方の七時頃には、きまって一階の部屋が、カーテン越しに電気がついているのが判った。

窓は閉められているものの時々、窓が少し開いているときがあった。

チャンスであった。

しかし、両隣の家の窓の電気もついており、見つかったら、まずい。

両隣の家の電気がついてなく、しかも窓が開いているときを狙うのだ。及川は自分に言い聞かせた。

十日ほど経った会社の帰路のときである。

野村宅の電気がつき、カーテンはしてあるが、窓が少し開いていた。しかも両隣の家の電気はついていない。

(しめた、チャンスだ！　窓から入り、偽善夫婦を殺してやる)

及川は胸がわくわくと踊った。

急いで自宅に帰ると、すぐ台所から包丁を取り出し、二週間前に買っていた白い布袋に包丁を入れた。

普段着の黒いズボン。薄茶色のポロシャツに着替えると、同じく二週間前に買っていた白い手袋をはめ、マンションを出て周囲を見渡した。人影はない。

野村宅の前に着くと、改めて左右を見渡した。同じように人影はなく、両隣の家の電気もついていない。

玄関横の庭に通じる木戸をそっと開けると庭に入った。木戸を閉め身を屈めながら、窓の下に身を置いた。

テレビの音がする。

及川は包丁の入った白い布袋をベルトに挟むと、そっと身を起こし、開いている窓に右手を掛けて静かに引いた。

次に窓枠に手を掛け身体を持ち上げると、左足、右足の順にカーテンをかき分け部屋に侵入した。

侵入すると、すぐ窓をそっと閉めた。

「ニャン、ニャン」

猫が声を上げ、ほぼ同時に野村夫妻が振り向いた。畳に座っていた身体を窓のほうに向けると、ギョッとした顔で及川を見た。

「殺してやる」

及川はベルトに挟んでいる白い布袋を手にすると、ゆっくりと包丁を取り出した。

白い布袋をズボンのポケットに入れると、包丁を亭主の眼前に突き付けた。

野村夫妻はぶるぶると震えた。

猫は、さっと壁の隅に身を寄せた。

震えながら亭主が、

「及川さん、私たちは及川さんに恨まれることはしていません。それなのに何故」

恐る恐る聞いた。

「嘘だ！　お前達夫婦は俺を馬鹿にした悪口を最近言い出したな」

「そんな、馬鹿にした悪口など一言も言っておりません」

「嘘だ！」

「本当です」

隣に座っている奥さんも同調し、続けて亭主が、

「本当です。第一どんな馬鹿にした悪口を言ったというのでしょうか、私たちには想像できません。ですから、その包丁を引っ込めてくださいお願いします」

哀願するように言った。

及川は更に包丁を亭主の顔すれすれに突き付けると、部屋の隅に身を寄せた猫を一瞥し、

「ほざくな。この猫が悪口を聞いて、俺を馬鹿にした態度を取ったのだ」

「猫が、そんな馬鹿な。第一、猫に人の言葉が分かりますか」

「分かるから、俺を馬鹿にした振る舞いをしたのだ」

「ちなみにどんな振る舞いをしたというのでしょうか」

恐る恐る亭主が聞いた。

「いいか、俺を見つめて大きな欠伸をしたのだ。俺を馬鹿にしたのだ。お前達夫婦から俺を馬鹿にした悪口を聞き、そうした態度を取ったのだ。猫に罪はない、俺はお前達夫婦を殺しに来たのだ」

「及川さん、それは猫の勝手な振る舞いで、猫には何の悪意もありませんよ」

「つべこべ言うな。そこにいる猫に聞いてみろ！」

猫は部屋の隅で、じっと見つめている。

「ふふふ…」

及川は不気味に笑うと、包丁を亭主の顔から左胸にすれすれにあてた。

「覚悟しろ！」

「やめてくれ！」

亭主が両腕を前に差し出しながら叫ぶと、ほとんど同時に、

「やめて！」

奥さんも叫んだ。

「駄目だ。二人して俺を馬鹿にしやがって」

言い終わると、及川は、いったん包丁を引くと、力いっぱい亭主の左胸を突き刺した。

「うっ…」

亭主は唸り声を上げ、仰向けに倒れながら、及川の顔を凝視した。

血が、どろどろと流れた。

「次はお前だ」

及川は突き刺さった包丁を右手で抜くと、

「止めて！」

立ち上がり、後ろ向きになって逃げようとする奥さんの首を左腕で抱えるように掴むと。そのまま背後から前方に押し倒した。

奥さんは十文字に俯せに倒れ、その上に及川の身体が重なった。

「止めて！」

奥さんは叫びながら、逃げ出そうと必死にもがいた。もがくごと、及川は奥さんの身体に強く自身の身体を押し付けた。

「逃げられないぜ、殺してやる」

及川は上半身を起こすと、右手に持っていた包丁で奥さんの首を一突きした。

うっと言う唸り声と同時に首がうなだれた。

滴る血を見つめながら及川は、にたりとした。

「後ろから刺したのは恐怖心を少なくするためだ。感謝しろ」

「ニヤーン」

部屋の隅で猫が鳴いた。

及川は猫に告げた。
「お前に罪はない。殺さないよ」

完

［著者］三鴨 裕明
昭和 21 年生まれ。東京都出身。
昭和 57 年警備会社設立。代表取締役として現在に至る。
画家。日本舞踊若里流（家元若里燈《あかり》）のあかり会に所属。
東京都在住。
著書に『しあわせの唇』(東洋出版 2016)、『別宅』(東洋出版 2019)、『ハイ、チーズ。パチリ』(東洋出版 2020)、『作品集「存在」』(東洋出版 2022) がある。

短編集《たんぺんしゅう》　狂《きょう》

発行日　2023 年 7 月 6 日　第 1 刷発行

著　者　三鴨 裕明（みかも・ひろあき）

カバー写真　三鴨 裕明

発行者　田辺修三
発行所　東洋出版株式会社
〒 112-0014　東京都文京区関口 1-23-6
電話　03-5261-1004（代）
振替　00110-2-175030
http://www.toyo-shuppan.com/

印刷・製本　日本ハイコム株式会社

ISBN 978-4-8096-8690-0
定価はカバーに表示してあります

ISO14001 取得工場で印刷しました